Alma inquieta

Olavo Bilac

Copyright © 2013 da edição: Editora DCL – Difusão Cultural do Livro

Equipe DCL – Difusão Cultural do Livro

DIRETOR EDITORIAL: Raul Maia

Equipe Eureka Soluções Pedagógicas

REVISÃO DE TEXTOS: Joana Carda Soluções Editoriais

Texto em conformidade com as novas regras ortográficas do Acordo da Língua Portuguesa

Dados Internacionais de Catalogação na Publicação (CIP)
(Câmara Brasileira do Livro, SP, Brasil)

Bilac, Olavo, 1865-1918.
Alma inquieta / Olavo Bilac. -- São Paulo :
DCL, 2013. -- (Clássicos literários)

ISBN 978-85-368-1635-7

1. Poesia brasileira I. Título. II. Série.

13-01031   CDD-869.91

Índices para catálogo sistemático:

1. Poesia : Literatura brasileira 869.91

Impresso na Índia

Editora DCL – Difusão Cultural do Livro
(11) 3932-5222
www.editoradcl.com.br

Sumário

A avenida das lágrimas 5

Inania verba 7

Midsummer's night's dream 8

Mater 9

Incontentado 10

Sonho 11

Primavera 12

Dormindo 13

Noturno 14

Virgens mortas 17

O cavaleiro pobre 18

Ida 19

Noite de inverno 20

Vanitas 22

Tercetos 23

In extremis 25

A alvorada do amor 26

Vita Nuova 27

Manhã de verão 28

Dentro da noite 29

Campo-Santo 31

Desterro 32

Romeu e Julieta 33

Vinha de Nabot 35

Sacrilégio 36

Estâncias 38

Pecador 40

Rei destronado 41

Só 42

A um violinista 43

Em uma tarde de outono 46

Baladas românticas 47

Velha página 51

Vilfredo 53

Tédio 56

A voz do amor 57

Velhas árvores 58

Maldição 59

Resquiescat 60

Surdina 62

Última página 63

A avenida das lágrimas

A um poeta morto

Quando a primeira vez a harmonia secreta
De uma lira acordou, gemendo, a terra inteira,
– Dentro do coração do primeiro poeta
Desabrochou a flor da lágrima primeira.

E o poeta sentiu os olhos rasos de água;
Subiu-lhe à boca, ansioso, o primeiro queixume:
Tinha nascido a flor da Paixão e da Mágoa,
Que possui, como a rosa, espinhos e perfume.

E na terra, por onde o sonhador passava,
Ia a roxa corola espalhando as sementes:
De modo que, a brilhar, pelo solo ficava
Uma vegetação de lágrimas ardentes.

Foi assim que se fez a Via Dolorosa,
A avenida ensombrada e triste da Saudade,
Onde se arrasta, à noite, a procissão chorosa
Dos órgãos do carinho e da felicidade.

Recalcando no peito os gritos e os soluços,
Tu conheceste bem essa longa avenida,
– Tu que, chorando em vão, te esfalfaste, de bruços,
Para, infeliz, galgar o Calvário da Vida.

Teu pé também deixou um sinal neste solo;
Também por este solo arrastaste o teu manto...
E, ó Musa, a harpa infeliz que sustinhas ao colo,
Passou para outras mãos, molhou-se de outro pranto.

Mas tua alma ficou, livre da desventura,
Docemente sonhando, às delícias da lua:
Entre as flores, agora, uma outra flor fulgura,
Guardando na corola uma lembrança tua...

O aroma dessa flor, que o teu martírio encerra,
Se imortalizará, pelas almas disperso:
– Porque purificou a torpeza da terra
Quem deixou sobre a terra uma lágrima e um verso.

Inania verba

Ah! quem há de exprimir, alma impotente e escrava,
O que a boca não diz, o que a mão não escreve?
– Ardes, sangras, pregada à tua cruz, e, em breve,
Olhas, desfeito em lodo, o que te deslumbrava...

O Pensamento ferve, e é um turbilhão de lava:
A Forma, fria e espessa, é um sepulcro de neve...
E a Palavra pesada abafa a Ideia leve,
Que, perfume e clarão, refulgia e voava.

Quem o molde achará para a expressão de tudo?
Ai! quem há de dizer as ânsias infinitas
Do sonho? e o céu que foge à mão que se levanta?

E a ira muda? e o asco mudo? e o desespero mudo?
E as palavras de fé que nunca foram ditas?
E as confissões de amor que morrem na garganta?!

Midsummer's night's dream

Quem o encanto dirá destas noites de estio?
Corre de estrela a estrela um leve calefrio,
Há queixas doces no ar... Eu, recolhido e só,
Ergo o sonho da terra, ergo a fronte do pó,
Para purificar o coração manchado,
Cheio de ódio, de fel, de angústia e de pecado...

Que esquisita saudade! – Uma lembrança estranha
De ter vivido já no alto de uma montanha,
Tão alta, que tocava o céu... Belo país,
Onde, em perpétuo sonho, eu vivia feliz,
Livre da ingratidão, livre da indiferença,
No seio maternal da Ilusão e da Crença!

Que inexorável mão, sem piedade, cativo,
Estrelas, me encerrou no cárcere em que vivo?
Louco, em vão, do profundo horror deste atascal,
Bracejo, e peno em vão, para fugir do mal!
Por que, para uma ignota e longínqua paragem,
Astros, não me levais nessa eterna viagem?

Ah! quem pode saber de que outras vida veio?...
Quantas vezes, fitando a Via-Láctea, creio
Todo o mistério ver aberto ao meu olhar!
Tremo... e cuido sentir dentro de mim pesar
Uma alma alheia, uma alma em minha alma escondida,
-O cadáver de alguém de quem carrego a vida...

Alma inquieta

Mater

Tu, grande Mãe!... do amor de teus filhos escrava,
Para teus filhos és, no caminho da vida,
Como a faixa de luz que o povo hebreu guiava
   À longe Terra Prometida.

Jorra de teu olhar um rio luminoso.
Pois, para batizar essas almas em flor,
Deixas cascatear desse olhar carinhoso
   Todo o Jordão do teu amor.

e ESPALHAM TANTO BRILHO AS ASAS INFINITAS
Que expandes sobre os teus, carinhosas e belas,
Que o seu grande clarão sobe, quando as agitas,
   E vai perder-se entre as estrelas.

E eles, pelos degraus da luz ampla e sagrada,
Fogem da humana dor, fogem do humano pó,
E, à procura de Deus, vão subindo essa escada,
   Que é como a escada de Jacó.

Incontentado

Paixão sem grita, amor sem agonia,
Que não oprime nem magoa o peito,
Que nada mais do que possui queria,
E com tão pouco vive satisfeito...

Amor, que os exageros repudia,
Misturado de estima e de respeito,
E, tirando das mágoas alegria,
Fica farto, ficando sem proveito...

Viva sempre a paixão que me consome,
Sem uma queixa, sem um só lamento!
Arda sempre este amor que desanimas!

Eu, eu tenha sempre, ao murmurar teu nome,
O coração, malgrado o sofrimento,
Como um rosal desabrochado em rimas.

Sonho

Quantas vezes, em sonho, as asas da saudade
Solto para onde estás, e fico de ti perto!
Como, depois do sonho, é triste a realidade!
Como tudo, sem ti, fica depois deserto!

Sonho... Minha alma voa. O ar gorjeia e soluça.
Noite... A amplidão se estende, iluminada e calma:
De cada estrela de ouro um anjo se debruça,
E abre o olhar espantado, ao ver passar minha alma.

Há por tudo a alegria e o rumor de um noivado.
Em torno a cada ninho anda bailando uma asa.
E, como sobre um leito um alvo cortinado,
Alva, a luz do luar cai sobre a tua casa.

Porém, subitamente, um relâmpago corta
Todo o espaço... O rumor de um salmo se levanta
E, sorrindo, serena, aparecer à porta,
Como numa moldura a imagem de uma Santa...

Olavo Bilac

Primavera

Ah! quem nos dera que isto, como outrora,
Inda nos comovesse! Ah! quem nos dera
Que inda juntos pudéssemos agora
Ver o desabrochar da primavera!

Saíamos com os pássaros e a aurora.
E, no chão, sobre os troncos cheios de hera,
Sentavas-te sorrindo, de hora em hora:
"Beijemo-nos! amemo-nos! espera!"

E esse corpo de rosa recendia,
E aos meus beijos de fogo palpitava,
Alquebrado de amor e de cansaço...
A alma da terra gorjeava e ria...
Nascia a primavera... E eu te levava,
Primavera de carne, pelo braço!

Alma inquieta

Dormindo

De qual de vós desceu para o exílio do mundo
A alma desta mulher, astros do céu profundo?
Dorme talvez agora... Alvíssimas, serenas,
Cruzam-se numa prece as suas mão pequenas.
Para a respiração suavíssima lhe ouvir,
A noite se debruça... E, a oscilar e a fulgir,
Brande o gládio de luz, que a escuridão recorta,
Um arcanjo, de pé, guardando a sua porta.
Versos! podeis voar em torno desse leito,
E pairar sobre o alvor virginal de seu peito,
Aves, tontas de luz, sobre um fresco pomar...
Dorme... Rimas febris, podeis febris voar...
Como ela, num livor de névoas misteriosas,
Dorme o céu, campo azul semeado de rosas;
E dois anjos do céu, alvos e pequeninos,
Vêm dormir nos dois céus dos seus olhos divinos...
Caravana, que Deus pelo espaço conduz!
Todo o vosso clarão nesta pequena alcova
Sobre ela, como um nimbo esplêndido, se mova:
E, a sorrir e a sonhar, sua livre cabeça
Como a da Virgem Mãe repouse e resplandeça!

Noturno

Já toda a terra adormece.
Sai um soluço da flor.
Rompe de tudo um rumor,
Leve como o de uma prece.

A tarde cai. Misterioso,
Geme entre os ramos o vento.
E há por todo o firmamento
Um anseio doloroso.

Áureo turíbulo imenso,
O ocaso em púrpuras arde,
E para a oração da tarde
Desfaz-se em rolos de incenso.

Moribundos e suaves,
O vento na asa conduz
O último raio da luz
E o último canto das aves.

E Deus, na altura infinita,
Abre a mão profunda e calma,
Em cuja profunda palma
Todo o Universo palpita.

Mas um barulho se eleva...
E, no páramo celeste,
A horda dos astros investe
Contra a muralha da treva.

As estrelas, salmodiando
O Peã sacro, a voar,
Enchem de cânticos o ar...
E vão passando... passando...

Alma inquieta

Agora, maior tristeza,
Silêncio agora mais fundo;
Dorme, num sono profundo,
Sem sonhos, a natureza.

A flor-da-noite abre o cálix...
E, soltos, os pirilampos
Cobrem a face dos campos,
Enchem o seio dos vales:

Trêfegos e alvoroçados,
Saltam, fantásticos Djins,
De entre as moitas de jasmins,
De entre os rosais perfumados.

Um deles pela janela
Entre no teu aposento,
E para, plácido e atento,
Vendo-te, pálida e bela.

Chega ao teu cabelo fino,
Mete-se nele: e fulgura,
E arde nessa noite escura,
Como um astro pequenino.

E fica. Os outros lá fora
Deliram. Dormes... Feliz,
Não ouves o que ele diz,
Não ouves como ele chora...

Diz ele: "O poeta encerra
Uma noite, em si, mais triste
Que essa que, quando dormiste,
Velava a face da terra...

Os outros saem do meio
Das moitas cheias de flores:
Mas eu saí de entre as dores
Que ele tem dentro do seio.

Os outros a toda parte
Levam o vivo clarão,

E eu vim do seu coração
Só para ver-te e beijar-te.

Mandou-me sua alma louca,
Que a dor da ausência consome,
Saber se em sonho o seu nome
Brilha agora em tua boca!

Mandou-me ficar suspenso
Sobre o teu peito deserto,
Por contemplar de mais perto
Todo esse deserto imenso!"

Isso diz o pirilampo...
Anda lá fora um rumor
De asas rufladas... A flor
Desperta, desperta o campo...

Todos os outros, prevendo
Que vinha o dia, partiram,
Todos os outros fugiram...
Só ele fica gemendo.

Fica, ansioso e sozinho,
Sobre o teu sono pairando...
E apenas, a luz fechando,
Volve de novo ao seu ninho,

Quando vê, inda não farto
De te ver e de te amar,
Que o sol descerras do olhar,
E o dia nasce em teu quarto...

Virgens mortas

Quando uma virgem morre, uma estrela aparece,
Nova, no velo engaste azul do firmamento:
E a alma da que morreu, de momento em momento,
Na luz da que nasceu palpita e resplandece.

Ó vós, que, no silêncio e no recolhimento
Do campo, conversais a sós, quando anoitece,
Cuidado! – o que dizeis, como um rumor de prece,
Vai sussurrar no céu, levado pelo vento...

Namorados, que andais, com a boca transbordando
De beijos, perturbando o campo sossegado
E o casto coração das flores inflamando,
-Piedade! elas veem tudo entre as moitas escuras...
Piedade! esse impudor ofende o olhar gelado
Das que viveram sós, das que morreram puras!

Olavo Bilac

O cavaleiro pobre

(Pouchkine)

Ninguém soube quem era o Cavaleiro Pobre,
Que viveu solitário, e morreu sem falar:
Era simples e sóbrio, era valente e nobre,
    E pálido como o luar.

Antes de se entregar às fadigas da guerra,
Dizem que um dia viu qualquer cousa do céu:
E achou tudo vazio... e pareceu-lhe a terra
    Um vasto e inútil mausoléu.

Desde então, uma atroz devoradora chama
Calcinou-lhe o desejo, e o reduziu a pó.
E nunca mais o Pobre olhou uma só dama,
    – Nem uma só! nem uma só!

Conservou, desde então, a viseira abaixada:
E, fiel à Visão, e ao seu amor fiel,
Trazia uma inscrição de três letras, gravada
    A fogo e sangue no broquel.

Foi aos prélios da Fé. Na Palestina, quando,
No ardor do seu guerreiro e piedoso mister,
Cada filho da Cruz se batia, invocando
    Um nome caro de mulher,

Ela rouco, brandindo o pique no ar, clamava:
"Lumen coeli Regina!" e, ao clamor dessa voz,
Nas hostes dos incréus como uma tromba entrava,
    Irresistível e feroz.

Mil vezes sem morrer viu a morte de perto,
E negou-lhe o destino outra vida melhor:
Foi viver no deserto... E era imenso o deserto!
    Mas o seu Sonho era maior!

E um dia, a se estorcer, aos saltos, desgrenhado,
Louco, velho, feroz, -naquela solidão
Morreu: -mudo, rilhando os dentes, devorado
    Pelo seu próprio coração.

Ida

*P*ara a porta do céu, pálida e bela,
Ida as asas levanta e as nuvens corta.
Correm os anjos: e a criança morta
Foge dos anjos namorados dela.

Longe do amor materno o céu que importa?
O pranto os olhos límpidos lhe estrela...
Sob as rosas de neve da capela,
Ida soluça, vendo abrir-se a porta.

Quem lhe dera outra vez o escuro canto
Da escura terra, onde, a sangrar, sozinho,
Um coração de mão desfaz-se em pranto!

Cerra-se a porta: os anjos todos voam...
Como fica distante aquele ninho,
Que as mães adoram... mas amaldiçoam!

Noite de inverno

Sonho que estás à porta...
Estás – abro-te os braços! – quase morta,
Quase morta de amor e de ansiedade...
De onde ouviste o meu grito, que voava,
E sobre as asas trêmulas levava
  As preces da saudade?
Corro à porta... ninguém! Silêncio e treva.
Hirta, na sombra, a Solidão eleva
Os longos braços rígidos, de gelo...
E há pelo corredor ermo e comprido
O suave rumor de teu vestido,
E o perfume subtil de teu cabelo.

  Ah! se agora chegasses!
Se eu sentisse bater em minhas faces
A luz celeste que teus olhos banha;
Se este quarto se enchesse de repente
Da melodia, e do clarão ardente
  Que os passos te acompanha:

Beijos, presos no cárcere da boca,
Sofreando a custo toda a sede louca,
Toda a sede infinita que os devora,
-Beijos de fogo, palpitando, cheios
De gritos, de gemidos e de anseios,
Transbordariam por teu corpo afora!...

  Rio aceso, banhando
Teu corpo, cada beijo, rutilando,
Se apressaria, acachoado e grosso:
E, cascateando, em pérolas desfeito,
Subiria a colina de teu peito,
  Lambendo-te o pescoço...

Estrela humana que do céu desceste!
Desterrada do céu, a luz perdeste
Dos fulvos raios, amplos e serenos;

E na pele morena e perfumada
Guardaste apenas essa cor dourada
Que é a mesma cor de Sírius e de Vênus.

    Sob a chuva de fogo
De meus beijos, amor! terias logo
Todo o esplendor do brilho primitivo;
E, eternamente presa entre meus braços,
Bela, protegerias os meus passos,
    – Astro formoso e vivo!

Mas... talvez te ofendesse o meu desejo...
E, ao teu contacto gélido, meu beijo
Fosse cair por terra, desprezado...
Embora! que eu ao menos te olharia,
E, presa do respeito, ficaria
Silencioso e imóvel a teu lado.

    Fitando o olhar ansioso
No teu, lendo esse livro misterioso,
Eu descortinaria a minha sorte...
Até que ouvisse, desse olhar ao fundo,
Soar, num dobre lúgubre e profundo,
    A hora da minha morte!

Longe embora de mim teu pensamento,
Ouvirias aqui, louco e violento,
Bater meu coração em cada canto;
E ouvirias, como uma melopéia,
Longe embora de mim a tua idéia,
A música abafada de meu pranto.

    Dormirias, querida...
E eu, guardando-te, bela e adormecida,
Orgulhoso e feliz com o meu tesouro,
Tiraria os meus versos do abandono,
E eles embalariam o teu sono,
    Como uma rede de ouro.

Mas não bens! não virás! Silêncio e treva...
Hirta, na sombra, a Solidão eleva
Os longos braços rígidos de gelo;
E há, pelo corredor ermo e comprido,
O suave rumor de teu vestido
E o perfume subtil de teu cabelo...

Vanitas

Cego, em febre a cabeça, a mão nervosa e fria,
Trabalha. A alma lhe sai da pena, alucinada,
E enche-lhe, a palpitar, a estrofe iluminada
De gritos de triunfo e gritos de agonia.
Prende a ideia fugaz; doma a rima bravia,
Trabalha... E a obra, por fim, resplandece acabada:
"Mundo, que as minhas mãos arrancaram do nada!
Filha do meu trabalho! ergue-te à luz do dia!

Cheia da minha febre e da minha alma cheia,
Arranquei-te da vida ao ádito profundo,
Arranquei-te do amor à mina ampla e secreta!
Posso agora morrer, porque vives!" E o Poeta
Pensa que vai cair, exausto, ao pé de um mundo,
E cai – vaidade humana! – ao pé de um grão de areia...

Alma inquieta

Tercetos

I

Noite ainda, quando ela me pedia
Entre dois beijos que me fosse embora,
Eu, com os olhos em lágrimas, dizia:

"Espera ao menos que desponte a aurora!
Tua alcova é cheirosa como um ninho...
E olha que escuridão há lá por fora!
Como queres que eu vá, triste e sozinho,
Casando a treva e o frio de meu peito
Ao frio e à treva que há pelo caminho?!

Ouves? é o vento! é um temporal desfeito!
Não arrojes à chuva e à tempestade!
Não me exiles do vale do teu leito!

Morrerei de aflição e de saudade...
Espera! até que o dia resplandeça,
Aquece-me com a tua mocidade!

Sobre o teu colo deixa-me a cabeça
Repousar, como há pouco repousava...
Espera um pouco! deixa que amanheça!"

— E ela abria-me os braços. E eu ficava.

II

E, já manhã, quando ela me pedia
Que de seu claro corpo me afastasse,
Eu, com os olhos em lágrimas, dizia:

"Não pode ser! não vês que o dia nasce?
A aurora, em fogo e sangue, as nuvens corta...
Que diria de ti quem me encontrasse?

Ah! nem me digas que isso pouco importa!...
Que pensariam, vendo-me, apressado,
Tão cedo assim, saindo a tua porta,

Vendo-me exausto, pálido, cansado,
E todo pelo aroma de teu beijo
Escandalosamente perfumado?

O amor, querida, não exclui o pejo...
Espera! até que o sol desapareça,
Beija-me a boca! mata-me o desejo!

Sobre o teu colo deixa-me a cabeça
Repousar, como há pouco repousava!
Espera um pouco! deixa que anoiteça!"

– E ela abria-me os braços. E eu ficava.

Alma inquieta

In extremis

Nunca morrer assim! Nunca morrer num dia
Assim! de um sol assim!
Tu, desgrenhada e fria,
Fria! postos nos meus os teus olhos molhados,
E apertando nos teus os meus dedos gelados...

E um dia assim! de um sol assim! E assim a esfera
Toda azul, no esplendor do fim da primavera!
Asas, tontas de luz, cortando o firmamento!
Ninhos cantando! Em flor a terra toda! O vento
Despencando os rosais, sacudindo o arvoredo...

E, aqui dentro, o silêncio... E este espanto! e este medo!
Nós dois... e, entre nós dois, implacável e forte,
A arredar-me de ti, cada vez mais, a morte...

Eu, com o frio a crescer no coração, -tão cheio
De ti, até no horror do derradeiro anseio!
Tu, vendo retorcer-se amarguradamente,
A boca que beijava a tua boca ardente,
A boca que foi tua!

E eu morrendo! e eu morrendo
Vendo-te, e vendo o sol, e vendo o céu, e vendo
Tão bela palpitar nos teus olhos, querida,
A delícia da vida! a delícia da vida!

A alvorada do amor

*U*m horror grande e mudo, um silêncio profundo
No dia do Pecado amortalhava o mundo.
E Adão, vendo fechar-se a porta do Éden, vendo
Que Eva olhava o deserto e hesitava tremendo,
Disse:

"Chega-te a mim! entre no meu amor,
E à minha carne entrega a tua carne em flor!
Preme contra o meu peito o teu seio agitado,
E aprende a amar o Amor, renovando o pecado!
Abençoo o teu crime, acolho o teu desgosto,
Bebo-te, de uma em uma, as lágrimas do rosto!

Vê! tudo nos repele! a toda a criação
Sacode o mesmo horror e a mesma indignação...
A cólera de Deus torce as árvores, cresta
Como um tufão de fogo o seio da floresta,
Abre a terra em vulcões, encrespa a água dos rios;
As estrelas estão cheias de calefrios;
Ruge soturno o mar; turva-se hediondo o céu...

Vamos! que importa Deus? Desata, como um véu,
Sobre a tua nudez a cabeleira! Vamos!
Arda em chamas o chão; rasguem-te a pele os ramos;
Morda-te o corpo o sol; injuriem-te os ninhos;
Surjam feras a uivar de todos os caminhos;
E, vendo-te a sangrar das urzes através,
Se emaranhem no chão as serpes aos teus pés...
Que importa? o Amor, botão apenas entreaberto,
Ilumina o degredo e perguma o deserto!
Amo-te! sou feliz! porque, do Éden perdido,
Levo tudo, levando o teu corpo querido!
Pode, em redor de ti, tudo se aniquilar:

– Tudo renascerá cantando ao teu olhar,
Tudo, mares e céus, árvores e montanhas,
Porque a Vida perpétua arde em tuas entranhas!
Rosas te brotarão da boca, se cantares!
Rios te correrão dos olhos, se chorares!
E se, em torno ao teu corpo encantador e nu,
Tudo morrer, que importa? A Natureza és tu,
Agora que és mulher, agora que pecaste!

Ah! bendito o momento em que me revelaste
O amor com o teu pecado, e a vida com o teu crime!
Porque, livre de Deus, redimido e sublime,
Homem fico, na terra, à luz dos olhos teus,
– Terra, melhor que o céu! homem, maior que Deus!"

Vita nuova

Se ao mesmo gozo antigo me convidas,
Com esses mesmos olhos abrasados,
Mata a recordação das horas idas,
Das horas que vivemos apartados!
Não me fales das lágrimas perdidas,
Não me fales dos beijos dissipados!
Há numa vida humana cem mil vidas,
Cabem num coração cem mil pecados!

Amo-te! A febre, que supunhas morta,
Revive. Esquece o meu passado, louca!
Que importa a vida que passou? Que importa,

Se ainda te amo, depois de amores tantos,
E inda tenho, nos olhos e na boca,
Novas fontes de beijos e de prantos?!

Manhã de verão

As nuvens, que, em bulcões, sobre o rio rodavam,
Já, com o vir de manhã, do rio se levantam.
Como ontem, sob a chuva, estas águas choravam!
E hoje, saudando o sol, como estas águas cantam!

A estrela, que ficou por último velando,
Noiva que espera o noivo e suspira em segredo,
   – Desmaia de pudor, apaga, palpitando,
   – A pupila amorosa, e estremece de medo.

Há pelo Paraíba um sussuro de vozes,
Tremor de seios nus, corpos brancos luzindo...
E, alvas, a cavalgar broncos monstros ferozes,
Passam, como num sonho, as náiades fugindo.

A rosa, que acordou sob as ramas cheirosas,
Diz-me: "Acorda com um beijo as outras flores quietas!
Poeta! Deus criou as mulheres e as rosas
Para os beijos do sol e os beijos dos poetas!"

E a ave diz: "Sabes tu? Conheço-a bem... Parece
Que os Gênios de Oberon bailam pelo ar dispersos,
E que o céu se abre todo, e que a terra floresce,
   – Quando ela principia a recitar teus versos!"
E diz a luz: "Conheço a cor daquela boca!
Bem conheço a maciez daquelas mãos pequenas!
Não fosse ela aos jardins roubar, trêfega e louca,
O rubor da papoula e o alvor das açucenas!"

Diz a palmeira: "Invejo-a! ao vir a luz radiante,
Vem o vento agitar-me e desnastrar-me a coma:
E eu pelo vento envio ao seu cabelo ondeante
Todo o meu esplendor e todo o meu aroma!"
E a floresta, que canta, e o sol, que abre a coroa

De ouro fulvo, espancando a matutina bruma,
E o lírio, que estremece, e o pássaro, que voa,
E a água, cheia de sons e de flocos de espuma,

Tudo, – a cor, o clarão, o perfume e o gorjeio,
Tudo, elevando a voz, nesta manhã de estio,
Diz: "Pudesses dormir, poeta! No seu seio,
Curvo como este céu, manso como este rio!"

Dentro da noite

Ficas a um canto da sala,
Olhas-me e finges que lês...
Ainda uma vez te ouço a fala,
Olho-te ainda uma vez;
Saio... Silêncio por tudo:
Nem uma folha se agita;
E o firmamento, amplo e mudo,
Cheio de estrelas palpita.
E eu vou sozinho, pensando
Em teu amor, a sonhar,
No ouvido e no olhar levando
Tua voz e teu olhar.

Mas não sei que luz me banha
Todo de um vivo clarão;
Não·sei que música estranha
Me sobre do coração.
Como que, em cantos suaves,
Pelo caminho que sigo,
Eu levo todas as aves,
Todos os astros comigo.
E é tanta essa luz, é tanta
Essa música sem par,
Que nem sei se é a luz que canta,
Se é o som que vejo brilhar.

Caminho em êxtase, cheio
Da luz de todos os sóis,
Levando dentro do seio
Um ninho de rouxinóis.
E tanto brilho derramo,
E tanta música espalho,
Que acordo os ninhos e inflamo
As gotas frias do orvalho.
E vou sozinho, pensando
Em teu amor, a sonhar,
No ouvido e no olhar levando
Tua voz e teu olhar.

Caminho. A terra deserta
Anima-se. Aqui e ali,
Por toda parte desperta
Um coração que sorri.
Em tudo palpita um beijo,
Longo, ansioso, apaixonado,
E um delirante desejo
De amar e de ser amado.
E tudo, -o céu que se arqueia
Cheio de estrelas, o mar,
Os troncos negros, a areia,
– Pergunta, ao ver-me passar:

"O Amor, que a teu lado levas,
A que lugar te conduz,
Que entras coberto de trevas,
E sais coberto de luz?
De onde vens? Que firmamento
Correste durante o dia,
Que voltas lançando ao vento
Esta inaudita harmonia?
Que país de maravilhas,
Que Eldorado singular
Tu visitaste, que brilhas
Mais do que a estrela polar?"
E eu continuo a viagem,
Fantasma deslumbrador,
Seguido por tua imagem,

Seguido por teu amor.
Sigo... Dissipo a tristeza
De tudo, por todo o espaço,
E ardo, e canto, e a Natureza
Arde e canta, quando eu passo,
– Só porque passo pensando
Em teu amor, a sonhar,
No ouvido e no olhar levando
Tua voz e teu olhar...

Campo-Santo

Os anos matam e dizimam tanto
Como as inundações e como as pestes...
A alma de cada velho é um Campo-Santo
Que a velhice cobriu de cruzes e ciprestes
Orvalhados de pranto.

Mas as almas não morrem como as flores,
Como os homens, os pássaros e as feras:
Rotas, despedaçadas pelas dores,
Renascem para o sol de novas primaveras
E de novos amores.

Assim, às vezes, na amplidão silente,
No sono fundo, na terrível calma
Do Campo-Santo, ouve-se um grito ardente:
É a Saudade! é a Saudade!...
E o cemitério da alma Acorda de repente.

Uivam os ventos funerais medonhos...
Brilha o luar... As lápides se agitam...
E, sob a rama dos chorões tristonhos,
Sonhos mortos de amor despertam e palpitam,
Cadáveres de sonhos...

Desterro

Já me não amas? Basta! Irei, triste, e exilado
Do meu primeiro amor para outro amor, sozinho...
Adeus, carne cheirosa! Adeus, primeiro ninho
Do meu delírio! Adeus, belo corpo adorado!

Em ti, como num vale, adormeci deitado,
No meu sonho de amor, em meio do caminho...
Beijo-te inda uma vez, num último carinho,
Como quem vai sair da pátria desterrado...

Adeus, corpo gentil, pátria do meu desejo!
Berço em que se emplumou o meu primeiro idílio,
Terra em que floresceu o meu primeiro beijo!

Adeus! Esse outro amor há de amargar-me tanto
Como o pão que se come entre estranhos, no exílio,
Amassado com fel e embebido de pranto...

Alma inquieta

Romeu e julieta

(Ato III, cena V)

JULIETA:
Por que partir tão cedo? inda vem longe o dia...
Ouves? é o rouxinol. Não é da cotovia
Esta encantada voz.
Repara, meu amor: Quem canta é o rouxinol na romãzeira em flor.
Toda a noite essa voz, que te feriu o ouvido,
Povoa a solidão como um longo gemido.
Abracemo-nos! fica! Inda vem longe o sol!
Não canta a cotovia: é a voz do rouxinol!

ROMEU:
É a voz da cotovia anunciando a aurora!
Vês? há um leve tremor pelo horizonte afora...
Das nuvens do levante abre-se o argênteo véu,
E apagam-se de todo as lâmpadas do céu.
Já sobre o cimo azul das serras nebulosas,
Hesitante, a manhã coroada de rosas
Agita os leves pés, e fica a palpitar
Sobre as asas de luz, como quem quer voar.
Olha! mais um momento, um rápido momento,
E o dia sorrirá por todo o firmamento!
Adeus! devo partir! partir para viver...
Ou ficar a teus pés para a teus pés morrer!

JULIETA:
Não é o dia! O espaço inda se estende, cheio
Da noite caridosa. Exala do ígneo seio
O sol, piedoso e bom, este vivo clarão
Só para te guiar por entre a cerração...
Fica um minuto mais! por que partir tão cedo?

ROMEU:

Mandas? não partirei! esperarei sem medo
Que a morte, com a manhã, venha encontrar-me aqui!
Sucumbirei feliz, sucumbindo por ti!
Mandas? não partirei! queres? direi contigo
Que é mentira o que vejo e mentira o que digo!
Sim! tens razão! não é da cotovia a voz
Este encantado som que erra em torno de nós!
É um reflexo da luz a claridade estranha
Que aponta no horizonte acima da montanha!
Fico para te ver, fico para te ouvir,
Fico para te amar, morro por não partir!
Mandas? não partirei! cumpra-se a minha sorte!
Julieta assim o quis: bem-vinda seja a morte!
Meu amor, meu amor! olha-me assim! assim!

JULIETA:

Não! é o dia! é a manhã! Parte! foge de mim!
Parte! apressa-te! foge! A cotovia canta
E do nascente em fogo o dia se levanta...
Ah! reconheço enfim estas notas fatais!
O dia!... a luz do sol cresce de mais em mais
Sobre a noite nupcial do amor e da loucura!

ROMEU:

Cresce ... E cresce com ela a nossa desventura!

Alma inquieta

Vinha de Nabot

Maldito aquele dia, em que abriste em meu seio,
Cruel, esta paixão, como, ampla e iluminada,
Uma clareira verde, aberta ao sol, no meio
Da espessa escuridão de uma selva cerrada!
Ah! três vezes maldito o amor que me avassala,
E me obriga a viver dentro de um pesadelo,
Louco! por toda a parte ouvindo a tua fala,
Vendo por toda a parte a cor do teu cabelo!

De teu colo no vale embalsamado e puro
Nunca descansarei, como num paraíso,
Sob a tenda aromal desse cabelo escuro,
Olhando o teu olhar, sorrindo ao teu sorriso.

Desvairas-me a razão, tiras-me a calma e o sono!
Nunca te possuirei, bela e invejada vinha,
Ó vinha de Nabot que tanto ambiciono!
Ó alma que procuro e nunca serás minha!

Sacrilégio

Como a alma pura, que teu corpo encerra,
Podes, tão bela e sensual, conter?
Pura demais para viver na terra,
Bela demais para no céu viver...

Amo-te assim! – exulta, meu desejo!
É teu grande ideal que te aparece,
Oferecendo loucamente o beijo,
E castamente murmurando a prece!

Amo-te assim, à fronte conservando
A parra e o acanto, sob o alvor do véu,
E para a terra os olhos abaixando,
E levantando os braços para o céu.

Ainda quando, abraçados, nos enleva
O amor em que abraso e em que te abrasas,
Vejo o teu resplandor arder na treva
E ouço a palpitação das tuas asas.
Em vão sorrindo, plácidos, brilhantes,
Os céus se estendem pelo teu olhar,
E, dentro dele, os serafins errantes
Passam nos raios claros do luar:

Em vão! – descerrar úmidos, e cheios
De promessas, os lábios sensuais,
E, à flor do peito, empinam-se-te os seios,
Ameaçadores como dois punhais.

Como é cheirosa a tua carne ardente!
Toco-a, e sinto-a ofegar, ansiosa e louca...
Beijo-a, aspiro-a.. Mas sinto, de repente,
As mãos geladas e gelada a boca:

Alma inquieta

Parece que uma santa imaculada
Desce do altar pela primeira vez,
E pela vez primeira profanada
Tem por olhos humanos a nudez...

Embora! hei de adorar-te nesta vida,
Já que, fraco demais para perdê-la,
Não posso um dia, deusa foragida,
Ir amar-te no seio de uma estrela.

Beija-me! Ficarei purificado
Com o que de puro no teu beijo houver;
Ficarei anjo, tendo-te ao meu lado:
Tu, ao meu lado, ficarás mulher.

Que me fulmine o horror desta impiedade!
Serás minha! Sacrílego e profano,
Hei de manchar a tua castidade
E dar-te aos lábios um gemido humano!

E à sombria mudez do santuário
Preferirás o cálido fulgor
De um cantinho da terra, solitário,
Iluminado pelo meu amor...

Olavo Bilac

Estâncias

I

Ah! finda o inverno! adeus, noites, breve esquecidas,
Junto ao fogo, com as mãos estreitamente unidas!
Abracemo-nos muito! adeus! um beijo ainda!
Prediz-me o coração que é o nosso amor que finda,
Há de em breve sorrir a primavera. Em breve,
Branca, aos beijos do sol, há de fundir-se a neve.
E, na festa nupcial das almas e das flores
Quando tudo acordar para os novos amores,
Meu amor! haverá dois lugares vazios...
Tu tão longe de mim! e ambos, mudos e frios,
Procurando esquecer os beijos que trocamos,
E maldizendo o tempo em que nos adoramos...

II

Mas, às vezes, sozinha, hás de tremer, o vulto
De um fantasma entrevendo, em tua alcova oculto.
E pelo corpo todo, a ofegar de desejo,
Pálida, sentirás a carícia de um beijo.
Sentirás o calor da minha boca ansiosa,
Na água que te banhar a carne cor-de-rosa,
No linho do lençol que te roçar o peito.
E hás de crer que sou eu que procuro o teu leito,
E hás de crer que sou eu que procuro a tua alma!
E abrirás a janela... E, pela noite calma,
Ouvirás minha voz no barulho dos ramos,
E bendirás o tempo em que nos adoramos...

Alma inquieta

III

E eu, errante, através das paixões, hei de, um dia,
Volver o olhar atrás, para a estrada sombria.
Talvez uma saudade, um dia, inesperada,
Me punja o coração, como uma punhalada.
E agitarei no vácuo as mãos, e um beijo ardente
Há de subir-me à boca: e o beijo e as mãos somente
Hão de o vácuo encontrar, sem te encontrar, querida!
E, como tu, também me acharei só na vida,
Só! sem o teu amor e a tua formosura:
E chorarei então a minha desventura,
Ouvindo a tua voz no barulho dos ramos,
E bendizendo o tempo em que nos adoramos...

IV

Renascei, revivei, árvores sussurantes!
Todas as asas vão partir, loucas e errantes,
A ruflar, a ruflar... O amor é um passarinho:
Deixemo-lo partir: - desertemos o ninho...
A primavera vem. Vai-se o inverno. Que importa
Que a primavera encontre esta ventura morta?
Que importa que o esplendor do universal noivado
Venha este noivo achar da noiva separado?
Esqueçamos o amor que julgamos eterno...
– Dia que iluminaste os meus dias de inverno!
Esqueçamos o ardor dos beijos que trocamos,
Maldigamos o tempo em que nos adoramos...

Pecador

Este é o altivo pecador sereno,
Que os soluços afoga na garganta,
E, calmamente, o copo de veneno
Aos lábios frios sem tremer levanta.

Tonto, no escuro pantanal terreno
Rolou. E, ao cabo de torpeza tanta,
Nem assim, miserável e pequeno,
Com tão grandes remorsos se quebranta.

Fecha a vergonha e as lágrimas consigo...
E, o coração mordendo impenitente,
E, o coração rasgando castigado,

Aceita a enormidade do castigo,
Com a mesma face com que antigamente
Aceitava a delícia do pecado.

Alma inquieta

Rei destronado

O teu lugar vazio!... E esteve cheio,
Cheio de mocidade e de ternura!
Como brilhava a tua formosura!
Que luz divina te dourava o seio!

Quando a camisa tépida despias,
– Sob o reflexo do cabelo louro,
De pé, na alcova, ardias e fulgias
    Como um ídolo de ouro.

Que fundo o fogo do primeiro beijo,
Que eu te arrancava ao lábio recendente!
Morria o meu desejo... outro desejo
Nascia mais ardente.

Domada a febre, lânguida, em meus braços
Dormias, sobre os linhos revolvidos,
Inda cheios dos últimos gemidos,
Inda quentes dos últimos abraços...

Tudo quanto eu pedira e ambicionara,
Tudo meus dedos e meus olhos calmos
Gozavam satisfeitos nos seis palmos
De tua carne saborosa e clara:

Reino perdido! glória dissipada
Tão loucamente! A alcova está deserta,
Mas inda com o teu cheiro perfumada,
    Do teu fulgor coberta...

Só

Este, que um deus cruel arremessou à vida,
Marcando-o com o sinal da sua maldição,
– Este desabrochou como a erva má, nascida
Apenas para aos pés ser calcada no chão.

De motejo em motejo arrasta a alma ferida...
Sem constância no amor, dentro do coração
Sente, crespa, crescer a selva retorcida
Dos pensamentos maus, filhos da solidão.

Longos dias sem sol! noites de eterno luto!
Alma cega, perdida à toa no caminho!
Roto casco de nau, desprezado no mar!

E, árvore, acabará sem nunca dar um fruto;
E, homem, há de morrer como viveu: sozinho!
Sem ar! sem luz! sem Deus! sem fé! sem pão! sem lar!

Alma inquieta

A um violinista

Quando do teu violino, as asas entreabrindo
Mansamente no espaço, iam-se as notas quérulas,
Anjos de olhos azuis, às duas mãos partindo
    Os seus cofres de pérolas,

– Minhas crenças de amor, esquecidas em calma
No fundo da memória, ouvindo-as recebiam
Novo alento, e outra vez do oceano de minh'alma,
Arquipélago verde, à tona apareciam.

E eu via rutilar o meu amor perdido,
Belo, de nova luz e novo encanto cheio,
E um corpo, que supunha há muito consumido,
Agitar-se de novo e oferecer-me o seio.

Tudo ressuscitava ao teu influxo, artista!
E minh'alma revia, alucinada e louca,
Olhos, cujo fulgor me entontecia a vista,
Lábios, cujo sabor me entontecia a boca.

Oh milagre! E, feliz, ajoelhava-me, em pranto,
Como quem, por acaso, um dia, entrando as portas
De um cemitério, vai achar vivas a um canto
As suas ilusões que acreditava mortas,

E ficava a pensar... como se não partir
Essa fraca madeira ao teu toque violento,
Quando com tanta febre a paixão se estorcia
Dentro do pequenino e frágil instrumento!

Porque, nesse instrumento, unidos num só peito,
Todos os corações da terra palpitavam;
E havia dentro dele, em lágrimas desfeito,
O amor universal de todos os que amavam.

Rio largo de sons, tapetado de flores,
A harmonia do céu jorrava ampla e sonora;
E, boiando e cantando, alegrias e dores
Iam corrente em fora...

A Primavera rindo esfolhava as capelas,
E entornava no chão as ânforas cheirosas:
E a canção acordava as rosas e as estrelas,
E enchia de desejo as estrelas e as rosas.

E a água verde do mar, e a água fresca dos rios,
E as ilhas de esmeralda, e o céu resplandecente,
E a cordilheira, e o vale, e os matagais sombrios,
Crespos, e a rocha bruta exposta ao sol ardente:

– Tudo, ouvindo essa voz, tudo cantava e amava!
O amor, caudal de fogo atropelada e acesa,
Entrava pelo sangue e pela seiva entrava,
E ia de corpo em corpo enchendo a Natureza!

E ei-lo triste, no chão, inanimado e frio,
O teu pobre violino, o teu amor primeiro:
E inda nas cordas há, como um leve arrepio,
A última vibração do arpejo derradeiro...

Como, ígneas e imortais, num redemoinho insano,
Longe, a torvelinhar em céus inacessíveis,
Pairam constelações virgens do olhar humano,
Nebulosas sem fim de mundos invisíveis:

– Assim no teu violino, artista! adormecido
À espera do teu arco, em grupos vaporosos,
Dorme, como num céu que não alcança o ouvido,
Um mundo interior de sons misteriosos...

Suspendam-me ao ar livre esse doce instrumento!
Deixem-no ao sol, em glória, em delirante festa!
E ele se embeberá dos perfumes que o vento
Traz dos frescos desvãos do vale e da floresta.

Os pássaros virão tecer nele os seus ninhos!
As rosas se abrirão em suas cordas rotas!

Alma inquieta

E ele derramará sobre os verdes caminhos
Da antiga melodia as esquecidas notas!

Hão de as aves cantar, hão de cantar as flores...
Os astros sorrirão de amor na imensa esfera...
E a terra acordará para os novos amores
De nova primavera!

II

Porque, como Terpandro acrescentou à lira,
Para a tornar mais doce, uma corda mais pura,
Que é a corda onde a paixão desprezada suspira,
E, em lágrimas, a arder, suspira a desventura;

Também desse instrumento às quatro cordas de ouro
O Desespero, o Amor, a Cólera, a Piedade,
– Tu, nobre alma, chorando acrescentaste o choro
Eterno e a eterna dor da corda da Saudade.

É saudade o que sinto, e me enche de ais a boca,
E me arrebata o sonho, e os nervos me fustiga,
Quando te ouço tocar: saudade ansiosa e louca
Do primitivo amor e da beleza antiga...

Para trás! para trás! Basta um simples arpejo,
Basta uma nota só... Todo o espaço estremece:
E, dando aos pés do amado o derradeiro beijo
Quase morta de dor, Madalena aparece...

Ao luar de Verona, a amorosa cabeça
De Julieta desmaia entre os braços do amante:
Não tarda que a alvorada em fogo resplandeça,
E na devesa em flor a cotovia cante...
Viúva triste, que à paz do claustro pede alívio,
Para a sua viuvez, para o seu luto imenso,
Branca, sob o livor do escapulário níveo,
Heloísa ergue as mãos, numa nuvem de incenso...

E na suave espiral das melodias puras,
Vão fugindo, fugindo os vultos infelizes,

Mostrando ao meu amor as suas amarguras,
Mostrando ao meu olhar as suas cicatrizes.

Canta! o rio de sons que do seio de brota
E, entre os parcéis da dor, corre, cascateando,
E vai, de vaga em vaga, e vai, de nota em nota,
Ao sabor da corrente os sonhos arrastando;

Que pelo vale espalha a cabeleira inquieta,
Refrescando os rosais, e, em leve burburinho,
Um gracejo segreda a cada borboleta,
E segreda um queixume a cada passarinho;

Que a todo o desconforto e a todo o sofrimento
Abre maternalmente o regaço das águas,
– É o rio perfumado e azul do Esquecimento,
Onde se vão banhar todas as minhas mágoas...

Em uma tarde de outono

*O*utono. Em frente ao mar. Escancaro as janelas
Sobre o jardim calado, e as águas miro, absorto.
Outono... Rodopiando, as folhas amarelas
Rolam, caem. Viuvez, velhice, desconforto...

Por que, belo navio, ao clarão das estrelas,
Visitaste este mar inabitado e morto,
Se logo, ao vir do vento, abriste ao vento as velas,
Se logo, ao ir da luz, abandonaste o porto?

A água cantou. Rodeava, aos beijos, os teus flancos
A espuma, desmanchada em riso e flocos brancos...
– Mas chegaste com a noite, e fugiste com o sol!
E eu olho o céu deserto, e vejo o oceano triste,
E contemplo o lugar por onde te sumiste,
Banhado no clarão nascente do arrebol...

Alma inquieta

Baladas românticas

I
BRANCA...

Vi-te pequena: ias rezando
Para a primeira comunhão:
Toda de branco, murmurando,
Na fronte o véu, rosas na mão.
Não ias só: grande era o bando...
Mas entre todas te escolhi:
Minh'alma foi te acompanhando,
A vez primeira em que te vi.

Tão branca e moça! o olhar tão brando!
Tão inocente o coração!
Toda de branco, fulgurando,
Mulher em flor! flor em botão!
Inda, ao lembrá-lo, a mágoa abrando,
Esqueço o mal que vem de ti,
E, o meu ranços estrangulando,
Bendigo o dia em que te vi!

Rosas na mão, brancas... E, quando
Te vi passar, branca visão,
Vi, com espanto, palpitando
Dentro de mim, esta paixão...
O coração pus ao teu mando...
E, porque escrevo me rendi,
Ando gemendo, aos gritos ando,
– Porque te amei! porque te vi!

Depois fugiste... E, inda te amando,
Nem te odiei, nem te esqueci:
– Toda de branco... Ias rezando...
Maldito o dia em que te vi!

II
AZUL...

Lembra-te bem! Azul-celeste
Era essa alcova em que amei.
O último beijo que me deste
Foi nessa alcova que o tomei!
É o firmamento que a reveste
Toda de um cálido fulgor:
– Um firmamento, em que puseste
Como uma estrela, o teu amor.

Lembras-te? Um dia me disseste:
"Tudo acabou!" E eu exclamei:
"Se vais partir, por que vieste?"
E às tuas plantas me arrastei...
Beijei a fímbria à tua veste,
Gritei de espanto, uivei de dor:
"Quem há que te ame e te requeste
Com febre igual ao meu amor?"

Por todo o mal que me fizeste,
Por todo o pranto que chorei,
– Como uma casa em que entra a peste,
Fecha essa casa em que fui rei!
Que nada mais perdure e reste
Desse passado embriagador:
E cubra a sombra de um cipreste
A sepultura deste amor!
Desbote-a o inverno! o estio a creste!
Abale-a o vento com fragor!
– Desabe a igreja azul-celeste
Em que oficiava o meu amor!

Alma inquieta

III
VERDE...

Como era verde este caminho!
Que calmo o céu! que verde o mar!
E, entre festões, de ninho em ninho,
A Primavera a gorjear!...
Inda me exalta, como um vinho,
Esta fatal recordação!
Secou a flor, ficou o espinho...
Como me pesa a solidão!

Órfão de amor e de carinho,
Órfão da luz do teu olhar,
– Verde também, verde-marinho,
Que eu nunca mais hei de olvidar!
Sob a camisa, alva de linho,
Ta palpitava o coração...
Ai! coração! peno e definho,
Longe de ti, na solidão!

Oh! tu, mais branca do que o arminho,
Mais pálida do que o luar!
– Da sepultura me avizinho,
Sempre que volto a este lugar...
E digo a cada passarinho:
"Não cantes mais! que essa canção
Vem me lembrar que estou sozinho,
No exílio desta solidão!"

No teu jardim, que desalinho!
Que falta faz a tua mão!
Como inda é verde este caminho...
Mas como o afeia a solidão!

49

IV
NEGRA...

Possas chorar, arrependida,
Vendo a saudade que aqui vai!
Vê que linda, negro, da ferida
Aos borbotões o sangue cai...
Que a nossa história, assim relida,
O nosso amor, lembrado assim,
Possam fazer-te, comovida,
Inda uma vez pensar em mim!

Minh'alma pobre e desvalida,
Órfã de mãe, órfã de pai,
Na escuridão vaga perdida,
De queda em queda e de ai em ai!
E ando a buscar-te. E a minha lida
Não tem descanso, não tem fim:
Quanto mais longe andas fugida,
Mais te vejo eu perto de mim!

Louco! e que lúgubre a descida
Para a loucura que me atrai!
– Terríveis páginas da vida,
Escuras páginas, – cantai!
Vim, ermitão, da minha ermida,
Morto, do meu sepulcro vim,
Erguer a lápida caída
Sobre a esperança que houve em mim!

Revivo a mágoa já vivida
E as velhas lágrimas... a fim
De que chorando, arrependida,
Possas lembrar-te inda de mim!

Velha página

Chove. Que mágoa lá fora!
Que mágoa! Embruscam-se os ares
Sobre este rio que chora
Velhos e eternos pesares.

E sinto o que a terra sente
E a tristeza que diviso,
Eu, de teus olhos ausente,
Ausente de teu sorriso...

As asas loucas abrindo,
Meus versos, num longo anseio,
Morrerão, sem que, sorrindo,
Possa acolhê-los teu seio!

Ah! quem mandou que fizesses
Minh'alma da tua escrava,
E ouvisses as minhas preces,
Chorando como eu chorava?

Por que é que um dia me ouviste,
Tão pálida e alvoroçada,
E, como quem ama, triste,
Como quem ama, calada?

Tu tens um nome celeste...
Quem é do céu é sensível!
Por que é que me não disseste
Toda a verdade terrível?

Por que, fugindo impiedosa,
Desertas o nosso ninho?
-Era tão bela esta rosa!...
Já me tardava este espinho!
Fora melhor, porventura,
Ficar no antigo degredo

Que conhecer a ventura
Para perdê-lo tão cedo!

Por que me ouviste, enxugando
O pranto das minhas faces?
Viste que eu vinha chorando...
Antes assim me deixasses!

Antes! Menor me seria
O sofrimento, querida!
Antes! a mão que alivia
A dor, e cura a ferida.

Não deve depois, tranquila,
Vendo sufocada a mágoa,
Encher de sangue a pupila
Que já vira cheia de água...

Mas junto a mim que te falta?
Que glória maior te chama?
Não sei de glória mais alta
Do que a glória de quem ama!

Talvez te chame a riqueza...
Despreza-a, beija-me, e fica!
Verás que assim, com certeza,
Não há quem seja mais rica!

Como é que quebras os laços
Com que prendi o universo,
Entre os nossos quatro braços,
Na jaula azul do meu verso?

Como hei de eu, de hoje em diante,
Viver, depois que partires?
Como queres tu que eu cante
No dia em que não me ouvires?

Tem pena de mim! tem pena
De alma tão fraca! Como há de
Minh'alma, que é tão pequena,
Poder com tanta saudade?!

Alma inquieta

Vilfredo

Lenda do Reno, Grandmougin

I
O CASTELO

Sobre os rochedos, longe, o castelo aparece,
Dominando a extensão das florestas sombrias.
A tarde cai. O vento abranda. O ar escurece.
E Vilfredo caminha entre as neblinas frias.

Vai vê-la... E estuga o passo. Alto e silencioso,
Abre o castelo, em fogo, os vitrais das janelas.
Nas ameias, manchando o céu caliginoso,
Aprumam-se perfis de imóveis sentinelas.

Vilfredo vai ouvir a voz da sua Dama...
Mas, no seu coração perturbado, parece
Que vive, em vez do amor, essa ligeira chama,
Que arde apenas um dia, arde e desaparece...

E o arruinado solar, refletido no Reno,
Sobre o qual paira e pesa um sonho sobre-humano,
Sobe, entre os astros, só, furando o céu sereno,
Com a calma e o esplendor de um velho soberano.

II
AS FADAS DA LAGOA

Vilfredo conheceu o amor nos braços d'Ela...
Teve-a nua, a tremer, nos braços, nua e fria!
Teve-a nos braços, louca, apaixonada e bela!
Mas parte, alucinado, antes que aponte o dia...

É que uma outra paixão o descuidado peito
Lhe entrou. Paixão cruel, loucura que o atordoa,

Desde o momento em que, formosas, sobre o leito
Das águas calmas, viu as fadas da lagoa.

Parte... À margem fatal da lagoa das fadas
Chega, e em êxtase fica, a riba em flor mirando.
Um ligeiro rumor de vozes abafadas Aumenta...
E exsurge da água o apaixonado bando.

Corre Vilfredo, em febre, a apertá-las ao seio,
E despreza o passado e esquece o juramento:
Beija-as, e, na expansão do carinhoso anseio,
Imola toda a vida aos beijos de um momento.

Para os seus corpos ter, toda a alma lhes entrega:
E, na alucinação do gozo em que se inflama,
Por esse amor, por essa embriaguez renega
O Deus dos seus avós, o amor da sua Dama...

III
O REMORSO

Delira. Mas, depois do delírio sublime,
O remorso, imortal, nasce com o arrebol.
E ele mede a extensão do seu monstruoso crime,
E esconde a face à luz vingadora do sol.

Busca assustado a paz, busca chorando o olvido...
À volúpia infernal o coração vendeu,
E o inferno lhe reclama o coração vendido,
Cobrando em sangue e pranto o gozo que lhe deu.

Quer rezar, quer voltar ao seu fervor primeiro,
Quer nas lajes, de rojo, abominando o mal,
Ser de novo Cristão, Fiel e Cavaleiro:
Mas não encontra paz na paz da catedral.

Pobre! até no palor das faces maceradas
Das monjas, cuida ver as faces que beijou;
Ah! seios de marfim! ah! bocas perfumadas!
Recordação cruel de um Éden que acabou!
Parte só, sem destino, errando, a passo incerto,
Por montes e rechãs, no inverno e no verão,

Alma inquieta

E por anos sem conta habitando o deserto,
Sem lágrimas no olhar, sem fé no coração.

Das florestas sem fim sob a abóbada escura
Ouve, nos alcantis de em torno, a água rolar;
Sobre ele, a longa voz das árvores murmura,
E o vendaval retorce os ramos negros no ar.

Mas à fera, ao inseto, ao limo verde, ao vento,
Ao sol, ao rio, ao vale, à rocha, à serpe, à flor
É em vão que Vilfredo implora o esquecimento
Do seu amor cruel, do seu horrendo amor...

IV
O CASTIGO

Volta... Nem luta já contra o crime que o atrai...
Velho e trôpego vem, mendigo esfarrapado,
E examine, por fim, num calefrio, cai
Sem consciência, ao pé das águas do Pecado.

Calma. A noite caiu. Nem um pássaro voa.
Não piam no silêncio as aves agoireiras.
Mas palpitam, luzindo, à beira da lagoa,
Fogos-fátuos subtis sobre as ervas rasteiras.

E, então, Vilfredo vê, presa de um medo
Do denso turbilhão dos fogos repentinos,
Com tentações no olhar e convites na voz
Surgirem turbilhões de corpos femininos.

E o Inferno pela voz dos fogos-fátuos fala!
Vilfredo foge. O horror vai com ele, inclemente!
Foge. E corre, e vacila, e tropeça, e resvala,
E levanta-se, e foge alucinadamente...

Em vão! pesa sobre ele um destino fatal:
E o louco, em todo o horror dos campos tenebrosos,
Vê fechar-se e prendê-lo a cadeira infernal
Da infernal multidão dos Elfos amorosos...

Tédio

Sobre minh'alma, como sobre um trono,
Senhor brutal, pesa o aborrecimento.
Como tardes em vir, último outono,
Lançar-me a folhas últimas ao vento!

Oh! dormir no silêncio e no abandono,
Só, sem um sonho, sem um pensamento,
E, no letargo do aniquilamento,
Ter, ó pedra, a quietude do teu sono!

Oh! deixar de sonhar o que não vejo!
Ter o sangue gelado, e a carne fria!
E, de uma luz crepuscular velada,

Deixar a alma dormir sem um desejo,
Ampla, fúnebre, vazia
Como uma catedral abandonada!...

A voz do amor

Nessa pupila rútila e molhada,
Refúgio arcano e sacro da Ternura,
A ampla noite do gozo e da loucura
Se desenrola, quente e embalsamada.

E quando a ansiosa vista desvairada
Embebo às vezes nessa noite escura,
Dela rompe uma voz, que, entrecortada
De soluços e cânticos, murmura...

É a voz do Amor, que, em teu olhar falando,
Num concerto de súplicas e gritos
Conta a história de todos os amores;

E vêm por ela, rindo e blasfemando,
Almas serenas, corações aflitos,
Tempestades de lágrimas e flores...

Velhas árvores

*O*lha estas velhas árvores, mais belas
Do que as árvores novas, mais amigas:
Tanto mais belas quanto mais antigas,
Vencedoras da idade e das procelas...

O homem, a fera, e o inseto, à sombra delas
Vivem, livres de fomes e fadigas;
E em seus galhos abrigam-se as cantigas
E os amores das aves tagarelas.

Não choremos, amigo, a mocidade!
Envelheçamos rindo! envelheçamos
Como as árvores fortes envelhecem:

Na glória da alegria e da bondade,
Agasalhando os pássaros nos ramos,
Dando sombra e consolo aos que padecem!

Maldição

*S*e por vinte anos, nesta furna escura,
Deixei dormir a minha maldição,
-Hoje, velha e cansada da amargura,
Minh'alma se abrirá como um vulcão.

E, em torrentes de cólera e loucura,
Sobre a tua cabeça ferverão
Vinte anos de silêncio e de tortura,
Vinte anos de agonia e solidão...

Maldita sejas pelo Ideal perdido!
Pelo mal que fizeste sem querer!
Pelo amor que morreu sem ter nascido!

Pelas horas vividas sem prazer!
Pela tristeza do que eu tenho sido!
Pelo esplendor do que eu deixei de ser!...

Requiescat

Por que me vens, com o mesmo riso,
Por que me vens, com a mesma voz,
Lembrar aquele Paraíso,
   Extinto para nós?

Por que levantas esta lousa?
Por que, entre as sombras funerais,
Vens acordar o que repousa,
   O que não vive mais?

Ah! esqueçamos, esqueçamos
Que foste minha e que fui teu:
Não lembres mais que nos amamos,
   Que o nosso amor morreu!

O amor é uma árvore ampla, e rica
De frutos de ouro, e de embriaguez:
Infelizmente, frutifica
   Apenas uma vez...

Sob essas ramas perfumadas,
Teus beijos todos eram meus:
E as nossas almas abraçadas
   Fugiam para Deus.

Mas os teus beijos esfriaram...
Lembra-te bem! lembra-te bem!
E as folhas pálidas murcharam,
   E o nosso amor também.

Ah! frutos de ouro, que colhemos,
Frutos da cálida estação,
Com que delícia vos mordemos,
   Com que sofreguidão!

Alma inquieta

Lembras-te? os frutos eram doces...
Se ainda os pudéssemos provar!
Se eu fosse teu... se minha fosses,
    E eu te pudesse amor...

Em vão, porém, me beijas, louca!
Teu beijo, a palpitar e a arder,
Não achará, na minha boca,
    Outro para o acolher.

Não há mais beijos, nem mais pranto!
Lembras-te? quando te perdi
Beijei-te tanto, chorei tanto,
    Com tanto amor por ti.
Que os olhos, vês? já tenho enxutos,
E a minha boca se cansou:
A árvore já não tem mais frutos!
    Adeus! tudo acabou!

Outras paixões, outras idades!
Sejam os nossos corações
Dois relicários de saudades
    E recordações.

Ah! esqueçamos, esqueçamos!
Durma tranquilo o nosso amor
Na cova rasa onde o enterramos
    Entre os rosais em flor...

Surdina

No ar sossegado um sino canta,
Um sino canta no ar sombrio...
Pálida, Vênus se levanta...
    Que frio!

Um sino canta. O campanário
Longe, entre névoas, aparece...
Sino, que cantas solitário,
Que quer dizer a tua prece?

Que frio! embuçam-se as colinas;
Chora, correndo, a água do rio;
E o céu se cobre de neblinas...
    Que frio!

Ninguém... A estrada, ampla e silente,
Sem caminhantes, adormece...
Sino, que cantas docemente
Que quer dizer a tua prece?

Que medo pânico me aperta
O coração triste e vazio!
Que esperas mais, alma deserta?
    Que frio!

Já tanto amei! já sofri tanto!
Olhos, por que inda estais molhados?
Por que é que choro, a ouvir-te o canto,
Sino que dobras a finados?
Trevas, caí! que o dia é morto!
Morre também, sonho erradio!
– A morte é o último conforto...
    Que frio!

Pobres amores, sem destino,
Soltos ao vento, e dizimados!
Inda vos choro... E, como um sino,
Meu coração dobra a finados.

E com que mágoa o sino canta,
No ar sossegado, no ar sombrio!
Pálida, Vênus se levanta...
    Que frio!

Última página

*P*rimavera. Um sorriso aberto em tudo. Os ramos
Numa palpitação de flores e de ninhos.
Dourava o sol de outubro a areia dos caminhos
(Lembras-te, Rosa?) e ao sol de outubro nos amamos.

Verão. (Lembras-te, Dulce?) À beira-mar, sozinhos,
Tentou-nos o pecado: olhaste-me... e pecamos;
E o outono desfolhava os roseirais vizinhos,
Ó Laura, a vez primeira em que nos abraçamos...
Veio o inverno. Porém, sentada em meus joelhos,
Nua, presos aos meus os teus lábios vermelhos,
(Lembras-te, Branca?) ardia a tua carne em flor...

Carne, que queres mais? Coração, que mais queres?
Passam as estações e passam as mulheres...
E eu tenho amado tanto! e não conheço o Amor!